KB157901

황혼의 미소

이 경 자 제2시집

국학자료원

미소의 숲에는

채수영

(시인, 문학비평가, 문학박사)

　사람의 얼굴에는 세상사가 들어 있다. 웃는 사람 혹은 우는 사람 등등 희로애락에 따라 저마다 다른 표정을 연출하면서 산다. 세상의 삶의 팍팍하다 말하는 것도 따지고 보면 일종의 표정관리에 다름이 아니다. 그렇다면 어떤 얼굴이 가장 아름다울까? 이 대답에 누구나 어린아이의 해맑은 표정을 떠올릴 것이다. 이는 떠오르는 아침의 풍경이라면 깨끗하게 늙어 가는 황혼의 얼굴에는 세상의 삶이 고즈넉히 들어있고 온갖 풍파를 잠재운 넉넉한 표정에서 충분히 위안의 노래를 들을 수 있을 것이다.

　이경자 시인의 얼굴에는 항상 미소가 담겨 있어 천진스러움이 넘친다. 더불어 세상사 모든 것에 애정을 보내는 즐거움이 다가올 때, 누구나 기쁨의 전염병을 앓게 되는 행복바이러스에 덩달아 즐거워진다. 이는 신의 뜻을 따르는 순명(順命)이요 실천이기 때문에 황혼의 미소에는 충분한 위안의 길이 열린다.

그녀의 시는 그런 삶의 표정이 들어있다. 진솔하고 담백한 시의 맛깔은 감동을 주는 이유에 하나가 될 것이다. 더불어 넉넉한 의미의 숲에서 자상한 어머니의 음성을 듣는 깨달음도 있을 것이다. 이경자시인의 제2시집은 아름다운 황혼의 미소처럼 깊은 울림을 준다.

시인의 말

1968년 3월 10일
하나님께서 짝지어주신 나의 배필
박동준님이
오늘(2017년 8월 20일)
하나님의 일꾼으로 잘 살았다
칭찬 속에 기억되는 장로로
은퇴하게 됨을 주께 감사드리며
우리부부를 사랑하며 돕던 친지들에게
작은 정(情)을 드립니다.
줄어들지 않는 밀가루 항아리의 축복으로
살게 하신 하나님께 영광을 ─.

원적산 자락에서
惠泉堂 이 경 자 드림

차 례

• 머리말

제1부 한 밤의 음악회

제2부 황혼의 미소

제3부 허수아비

제4부 유혹이다, 유혹

제5부 바보 다람쥐들 이야기

제1부 한밤의 음악회

그림자

햇살 고운 날
거울 속에 한참 서성이다
문 밖 나드리를 나왔다

주인의 허락도 없이
따라붙은 허우적이는 몸짓
너풀너풀 길을 간다
휘적휘적 흉내를 낸다.

아 ―
나는 색깔이 없다
다 그대로인줄 알았지
거울 속의 주인처럼
어둠속에 숨어버린
부끄러운 허풍이

내일 아침 다시
시작해야지

한 밤의 음악회

찌찌 찌르르
접동 접동
국국 구구구

개굴 골골골 개굴
꽥 꽥 꽥 꽥
꽤 괴 괴 찌르르
국국 구 구 구

접동 접동
쏴—아 그르르
냐옹 냐옹
멍

독도야 만나고 싶다

단 한 번도
진실로 대한 적 있었던가
보고 품 달래놓고
가슴 속 이야기 펼쳐보는
뻐꾸기 소리도 물새소리
바람소리도 파도소리
파도야 먹구름아
잠잠히 부서지렴아
내리는 태양
잔잔한 율술로 만나지고

그리움

어둠이 걷히면
보여 지는 이웃들
나무
풀
새
바람
장독대
빨래줄
심심하면 짖어대는 강아지
백수를 넘긴 어머니
흰 머리 반백 남편

가슴 뛰는 사랑도 있었다
그러나 지금
눈감고 누우면
다가오는 그리움
내가 한번도
보지 못한
내 집이 지어지고 있다

은행잎

바람 따라 온 자유로운 영혼
가까이 즐겼더니
노란색 아픔 숨어숨어 있었구려

양탄자 밟고 오듯
사뿐사뿐 뛰건만
모두 코를 잡고 기암들 하시네

한 잎 한 잎 책장 속에
가을을 누리려니
허튼 생각 버리고 이쁘게 남으시게

귀밑머리 벗들에게
한 장 한 장 보내고져
고이고이 모시겠네

행복으로 남고 싶어라

나는 너의 꽃이고 싶다
그리고 향이고 싶다

나는 너의 태양이고 싶다
그리고 따스함이고 싶다

나는 너의 샘이고 싶다
그리고 시원함이고 싶다

나는 너의 노래이고 싶다
그리고 너의 기쁨이고 싶다

그리하여 먼 훗날
너의 행복함으로 남고 싶다

방황

풀어 진 머리채
휘 감아 올리고

치마 자락 새벽이슬 먹어
흠뻑 취해 왔다

밤새 소리 없는 싸움
여인의 가슴에 멍울 되어

젖은 잔디만 붙 뜯고
손톱에 풀물이 들어 왔다

어린 남매 남기고 간
매정한 남편

매일 밤 남편과 싸워야
엄마는 산다

이불속

목화밭 이렁
달콤한 맛이 배어 나온다
덜 익은 한 개 아무도 몰래
뛰는 가슴에 품고
멀리 돌아 깨물어 보던
설레고 싱그럽던
풋풋한 추억

하얀 구름송이
몽실몽실
활짝 피어난 사랑
한 웅큼 바구니에 담아
어머니 향한 그리움
보드랍게 닿는다

힘들었던 하루 내일의
몸을 만들어 내는 힘이 생긴다
정기가 온 세상의 빛으로
온몸을 감싸고 행복감에 충만해진다

풀피리

민들레 대궁 속에
가락을 만들어서
함박웃음 화음 넣고
연지 속 꽃가마에
살작이 보냈썼지

그리운 피리소리
귀 부리 어리운 날
댓돌 위 홀로 앉아
가락을 만들었오

소리는 간 곳 없고
윙―윙 아픈 바람
빌릴리 비비빌리
홀씨처럼 날아 가오

구름

색깔 감추고
점점으로 모여
푸르른 물결

어제는
아름다운
목장

오늘은
잔잔한 바다

그 속에 드리워진
아픔도
외로움도

똑똑똑
무지개 다리 건너
찾아 간다
제 자리

끈

그 자리

아픔으로 남아도

도망가지 마라

끊겨지지 마라

묶인 줄 매듭

고리를 엮는 것이

살아가는 이유

봄

설레임
촉촉한 입맞춤

새 생명
땅의 기침

희망이란
소식을 안고

님 마중
발걸음 바쁘다

원망

뜬금없이 날아든 조약돌 하나
붓질 한번 안 해본 하얀 화폭에
검은 멍울 만들어 지을 수 없는
아픈 자욱 그림을 그려 놓았오

흘러가는 세월 속 화폭 담그고
지워지기를 기다림 미움만 남아
조약돌로 박─박 비벼 보지만
천둥소리 먹구름 눈물 됩니다

얼룩진 사연 사연 님 앞에 펼쳐 놓고
무지개 고운 다리 되집어 건너오니
목화솜 송이송이 그 위에 덮으시며
내 다 알지 님의 소리 들리오

왜일까?

지금쯤
스산한 가을 바람이
그러려니 익혀질 때도 되었건만
영 친해지지 않는
까닭은 왜일까?

가을들녘 황금노을 붉게 넘는데
황홀해야 할 늦은 갈바람
가슴을 숭숭 훑고 지남은 왜일까?

해 넘는 자리 어머니를 기다리던 산등성도
신작로 정류장 낡은 의자도 사라진 지 오래인데
작은 주먹 속 눈물 마르지 않음은 왜일까?

일용할 양식과 머무를 처소
사랑하는 이웃들이 따뜻한 눈빛 마주하건만
해 저무는 스산한 저녁 두려움은 왜일까?

늙어 할미 된 가슴에 그리움이
생생함으로 눈물샘 되어
마르지 않음은 왜일까?

초롱꽃

초롱꽃 봉긋이 등이 되던 날
불 켜지길 온종일 기다렸지만
수줍게 고개 숙인 초롱꽃등은
말 없는 미소만 지어 보였오

햇님이 놀다 가신 초롱꽃 속에
아무도 모르게 작은 불씨가
가뭇가뭇 심어진 아픈 사연을
조용히 웃음으로 보여 준 것을

반딧불 모아서 초롱꽃 속에
아무도 모르게 넣어 줄까나
환한 빛 그 모습 모두들 보고
초롱꽃 웃음 닮은 꽃 피어나게

비 오는 날

추적추적 발자국 소리
비릿한 내음 안고
코 구멍 타고 가슴 길 낸다

막혔던 숨길이
뻥 뚫리며 살아나는 미소
픽픽 피시식 시원해졌다

아, 내 가슴에
대청소 시작되어
촬 촬 촬 흘러간다

온 세상이 깨끗해졌다
아름다운 노래 비 장단 속
콧구멍 타고 흘러나온다

커피 포트에
향이 춤을 춘다

떡 만두 국

온갖 잡념 곱게 다져
꼬옥 꼬옥 싸 메 놓고

하얀 속살 힘껏 치대
뼈 속 진국에 담겨지니

모든 액은 나가시고
새 힘만 남으시라
큰 꿈만 이루시라

주전자

불뚝한 몸매
길쭉한 주둥이

옥수수 차
우영 차
보리 차

때로는 향긋한 쑥 향
고향을 달리게 하고

아버지의 그리움
막걸리 속에 흔들린다.

시간에게

들리지도
보이지도
만져지지도 않았어

항상
새롭게 단장하고
기다린 네가
옆을 지나가고 있다는 것

그림자
조각조각 흩어진 후
떨림으로 온 아쉬움

오늘
내 곁 지나는 너도
다시 올 수 없다는 것
이제 알어

너를 붙잡고

당기고 있는 이 괴팍은

놓치고 싶지 않은

사랑이야

제2부 황혼의 미소

고기 굽는 날

맛난 내음
온 집안 한 가득 그으름
물들여 놓으면

솔솔 새 나가는
불편한 진실
이웃집 눈치가 보인다

목구멍 불룩
넘어 갈 때 마다
흐뭇한 만족감

오감이 춤출 때
탈출되어지는 미안함
몇근 더 사서 나눌걸

놀부와 흥부의 다툼이
맛의 속도를 가하고
쉬쉬 빠른 설거지를 한다

겨울나무

잎새
그리도 풍성 터니
윙윙 빈 소리 난다

가지
앙상한 맨몸
발목 펌프는 잠들고

바람
짓궂게 흔들어
비척비척 춤을 춘다

봄은 언제 오려나
기다림 눈물이 난다

긴 목
늘이고 귀 세운 대장군
살아 있다 살아 있다
노래한다

동화 듣는 시간

초롱 눈들이
길게 들어서면
울고 웃는 모습
거울 속처럼 닮아간다

워메 무섭지?
아녀 그건 동화야
ㅡ ㅡ ㅡ ㅡ ㅡ ㅡ ㅡ ㅡ

벌이는 어디로 날아 갔을까?
하늘이겠지
엄마가 거기 있으니까

오늘 밤에는
엄마랑 자겠네

어머니의 사랑

참
착한
따뜻한
남자였지
가는 눈썹이
마음에 안들어
눈썹을 그려주고
싶을 때 있었지만
웃음 띤 가는 눈
오뚝한 긴 코
고운 인중
하얀 이
피부
참
양반
도련님
다우셨지
꿈길 같으신

어머니 추억 속
새 신랑 아버지는
구십 넘은 지금도
변함없는 모습
딸의 얼굴에
사진처럼
박아 논
얼굴
님

님 오시는 날

이리도 빨리
오실 줄은
몰랐습니다

느닷없이
찾아오신
님의 모습

분단장 비단 옷
이제사 생각나
돌아보아 안개 속

얼었던 가슴 속
그리움 햇살타고
눈물로 내립니다

바람과 나무

빛나던 잎새
잔설에 숨겨도
바람의 햇살에
눈을 뜹니다

짓궂게 흔들어도
놀라서 일어서길 수차례
오글거리어 수줍은
기다림

와
뜨거운 입김에
새 날이 온다
새 잎이 튼다

숨길 것도 감출 것도
이제는 없다

어머니

세상에서 가장 귀한 이름이면서도
가장 흔한 이름여서
귀함을 잊어버린 이름

세상에서 가장 큰 행복의 원천이면서도
가장 큰 아픔을 담고 있는 이름이여서
행복의 원천을 잊어버린 이름

세상에서 가장 따뜻한 이름이면서도
가장 큰 외로움을 담고 있는 이름이여서
따스함을 잃어버린 이름

어머니는 늘 그랬습니다

귀함도 행복도 웃음도 모두 나누어 주고
어머니 자신은 아무것도 없는 빈 그릇이었습니다

횡 뚫린 나목이었습니다
외롭고 쓸쓸한 방이었습니다

세상의 어머니는 모두 그랬습니다

치매 할머니

하늘바라기 좋아하는 할머니는
먼 하늘, 눈에 담으시고
그리움 한 아름 풀어 눈물에 헹구신다

지난 세월 검은 점을 깨끗이 손질하여
하늘 종이위에 연필을 올리시고
또박또박 써 내려간 옛 이야기
금방 일은 잊었어도 생생하니 떠오른다

고향집 들길따라 나무새도 쓰고
뒷산 오솔길 산비둘기네 둥지 속 이야기도 쓴다
골목길 큰 대문집 도련님과 동무의 이름도 쓰고
사랑하는 아들 딸 이름도 쓴다

모두들 치매노인이라 부르지만
왼 종일 하늘 종이에 글을 쓰시곤
연필을 가슴에 품고 잠이 든다

그러나 꿈속에서도 그녀는 또 글을 쓴다
영감, 나 좀 데려가요
잠든 얼굴에 미소가 핀다

동무들아

장독 뒤에 있었구나
굴뚝 뒤에 있었구나
자운영 보라 꽃바구니 속에
숨어 숨어 지냈구나

파란 잎새 숨기운 흰 살
삘기 속에 있었구나
연순 찔레 꺾어
내 손에 쥐어주던
칡뿌리 먹은
검은 입술 속에 있었구나

소꼽 놀던 사기 조각 소반
새콤한 싱아 속에 있었구나

돌돌 개여울 발 장난 속에
무지개 고운 빛이
동무들을 곱게 물들여 놓았구나

새알 같은 조약 돌 속에
그리움으로 있었구나

혼자가 아니였어

무릎 꿇고
두손 들고도
혼자가 아니면
웃고 있었지

칠흑 같은
밤길에도
혼자가 아니면
무섭지 않고

번개치고
비바람이 불던 날
혼자가 아니면
겁나지 않았어

그러나
혼자라고
눈물 짓던
수많은 날들

그때도 혼자였던 것은
아니었어

굼벵이

헐렁한 껍질이
반쯤 열린 채
굴러온다

한나절 더위 가시고
노을이 지는데
이마엔 땀방울이 맺힌다

두리번 두리번
딩글 딩글

낯선 곳들
잘난 것들
눈 내리 깔고

굴속에서 나온 것들
후회하지만
오늘도 집을 나섰다

창가에 비추인 석양은
저리도 고운데…

보자기

크기 생각 무늬
달라도 모두
한결같은 네모

오로지 차별없는 헌신
싸매주고 덮어주는
꾸림의 달인

하늘하늘 바래지고
송송 빛 들어도
기다림에 침묵

아싸!
때론 여인의 목에
나풀나풀 춤을 춘다

아름다운 나라

별빛 눈
사뿐한 걸음거름
노래로 엮어지는
찬양의 어울림

두둥실 춤을 추며
온 마을 휘돌아도

고운모습 웃는 얼굴
천사들의 무도회장
李庚子 이름 석자
잊지 말고 불러주오

꿈

공주병 이루어 진날
복권 당첨되어 돈 벼락 맞고

100여평 넓은 집
수영장 골프장 있는 정원

손자가 대통령 당선
대문짝만한 TV뉴스

물고기의 소원 들어 준 날
새 물동이 하나만 원했더니

물고기야 물고기야
마지막 소원이다

눈 뜨고 꿈 깨는 날
이대로 꿈이게 해 다오

산비둘기

구구 구구 구구 구구
산비둘기 구슬피 우는 소리에
아기는 마루 끝이 젖도록 함께 울었지

엄마 없는 빈 집에
식솔들도 떠나고
텅 빈 마루에 혼자 아기는
산비둘기 우는 울음에 무서웠지

지금은 늙어 마당에 홀로 앉아서
구구 구구 구구 구구
다시 들어도
산비둘기 울음소리 가슴 저린다

길

넓은 바다
다 길 같은데
끝없는 구름 창공에도
길이 있다 하네
땅 집고 헤엄친다는 육지에도
가야할 길이 있어
그길로 간다

내가 온길 내길 맞았나
네 길을 차지하고
내 길 인척 온 것은 아닌지 모르겠다
평안한 걸음일 땐 내길 맞고
불안하고 힘들 땐
내길 아니었든 것 같다

황혼의 미소

바람 부는 날이 아니어도
가고 싶은 곳이 있다는 것
다행입니다

뜬금없이
문 열고 들어서도
맞이하는 당신
감사합니다

눈 감고도 알아 볼 수 있고
시간 탓하지 아니하시고
이야기 들어 주시는 그대 있어
참 행복합니다

당신의 미소가
가슴에 남아
바라만 보아도 좋은
내 황혼의 미소로
남기를 기도합니다

멋내기

토닥 토닥 토닥
크림을 듬뿍 바르고
토닥 토닥 토닥
베이스 포장을 한다

장지와 약지의
빠른 놀림이 멈추는 순간
거울 속 여인은 웃는다

음
포장 잘 되었네
역시 멋 내기의 시초는
토닥토닥이야

호박에 줄긋더니
수박이 되었네
뒤에서 들리는
친근한 소리

환상의 커플

닭은 모습 하나 없는
너와 나
색깔 크기 모두모두 제멋대로
맞지 않는 그릇과 뚜껑처럼
떨걱이지만

오십 여년 한 가지 그 속에 담고
태어난 곳 전혀 다른
실과 바늘로
한 땀 한 땀 떠가는 우리의 작품

어디에 내 놔도 예술품이야
우리는 환상의 커플

제3부 허수아비

옛날 일기(日記)

몇 날을 못 견디게 보고파 하다
속내를 숨기운체
두둥실 뜬 구름만 띄웠습니다

정류장 나무의자 하늘바라고
긴긴해 버스 오길 기다렸지만
소나기 눈물만 흘러 옵니다

빨간 우체통은
빙긋이 내 마음 먹어 버리고
뜬 구름을 하늘로 배달했나 봅니다

4대의 대화

어머니!

　.

어머니!

　.

어머니! (귀청 떨어지겠다.)

할아버지!

　.

할아버지!

　.

할아버지! (팔을 치며)

말로 해!
헐, 엄마! 할아버지 왜 그래?
이제 세상이야기 다 들으셨나보다
보청기도 소용없네

신선놀이

원적산 자락 명당 터 자림 하니
효성 지극한 후손이 태어나고
금광 숨겨진 골 옥수가 흐르니
구만리 넓은 뜰 기름짐 나락
퍼주고 퍼주어도 줄지 않는 화수분

숨겨진 욕심덩이 슬그머니 내려놓고
자연 속 평안 누리니
신선이 따로 없네
내가 신선이요
삼층천 낙원일세

유복자(遺腹子)

눈을 감으도
보이지 않는 것은
눈을 뜨고도
보지 못했기 때문이야
애써 그려보지만
낯선 얼굴

귀를 열고도
들리지 않는 말은
한 번도 불러 보지
못했기 때문이야
가슴 속에서 맴도는
낯선 아픔

꼭
한번이라도
보고 싶고

꼭
한번이라도
부르고 싶은

아버지

칠십 고개

자식들 찾는 걸음 뜸해지고
제 나름 살아기기 뿌리내려
부모의 손 빌림이 필요 없네

한가한 시간들이 줄을 서서
지하철 만원이고 노인 천국
산으로 관광지로 살 판 났네

살만한 나이라고 웃었지만
응급실 실려 가는 횟수 늘어
노란불 경고조치 들어오네

이 몸이 대자보를 휘날리며
데모를 하시는가 빙그르르
정신 줄 뻗어가며 까불지마

고리

한 올 한 올 꼬아 만든 무명 실타래
오색 무늬 아름다운 집을 짓고파
한 줄 한 줄 고운 빛의 물을 드렸오

남편 목에 달아 준건 묵직한 금 실
아들 어깨 메어 준건 파란 하늘 실
딸 아이의 머리 위에 노란 나비 실

노을 빛 곱게 물든 해 질녘에
내 허리에 메어 놓은 붉은 고리로
하나하나 돌아오네 실타래들이

불 꺼진 창가에 별들 내리면
금실 파란 하늘 실 노란 나비 실
가볍게 날아간다 고리를 풀고

숙제

빨리 해야지
풀리지 않을 때도 있지
남의 것을 베낄 때도 있고
내 힘으로 하면 대견스럽고

다 해 간 날
선생님 앞에 서면
당당하고
다 했는데
집에 놓고 가면
억울하고

안 해 간 날
숙제검사 안 하시면
복권 당첨 받은 날
검사하면
두 손 들고 복도에 앉아
그래도 웃음이 난다

낮에는 실컷 놀고
밤새 낑낑
밀리면 하기 싫은 것

허수아비

긴 겨울 지낸
휑한 벌판
고개숙인 아비가 서 있다

떡 벌어진 어깨
부릅뜬 눈
그대로인데

낡은 밀짚모자
찢어진 옷자락
바람따라 날리고

참새 두 마리
아비의 품속에서
노닐다 간다

할 일다 하고도
집으로 돌아가지 못한

못난 아비의 눈물

석양 붉은 노을 닦는다

우렁 각시

나도
우렁 각시 하나
항아리에 넣어 두었더니
왼종일 즐겁다

당신도
우렁 각시 하나
키워 보시지

샘터에서 맑은 물
길어 오기만 하면
되는 거야

바보

바보!
내게는 오히려 편한 말이오
들으면 마음이 상할 듯 한데
모든 것 덮어줄 이유가 되오

잘난 척 앞서면 무너질 모습
모른 척 히죽이 웃어 버리면
어디나 천국이 만들어 지오

바보!
그 말이 내게는 맞는 옷이요
편하게 세상을 만날 수 있고
모두가 우뚝 선 나라가 되오

나 하나가 바보이면
모두가 행복이요 웃음이 되오

아들의 어깨

배넷 저고리 속
연고사리 같던 모습
바라만 보아도 아깝다 여겼고
한들한들 걷는 모습
지애비를 꼭 닮았다 했고
든든하게 보일 때도 있어
이 나라 온 세상을
짊어주고 싶기도 했다

그러나 지금
아들의 어깨가 슬퍼 보인다
짐이 되지 말아야지
가볍게 가게 해야지

손자들아
해쓱하니 아파보이는
느그애비 어깨 짓누르지 마라
늘어져 보이는 처진 모습

1,000냥 무게로 삶을 지고 간다
애비의 어깨에 힘을 넣어 주는 것
너희들이 갖고 있단다

봄의 전령사

잎 새 문 열기 전
봉긋봉긋 숨기더니
향수주머니 담뿍 물고
화사한 질주 시작이다

저만치 마주한 봄날
잎 새에 자리 내주며
스러진다 스러진다
그럴 걸 왜 먼저 요사를 떨고
나왔는가?

대리운전 아들

목사 후보생 아들이 목사가 싫단다
아들은 이 일 저 일 해보더니 파산이란다
파산 신청 해놓고 아들은 몇 날을 울었다

새벽 밤 여름이라 해도 한기가 도는 시간
퀭한 눈으로 아들이 힘없이 들어온다
엄마의 가슴은 난도질을 한다
그리고 그 가슴에 소금을 뿌린다

하나님!
당신의 뜻은 어디에 계신가요

보름달

넉넉한 모습으로 벙긋
은빛 너울 치마 입고 왔다

뜨락 위 살포시
떨리는 수줍음

사그락 사그락 사그락 사그락은 사실
눈 마주친 달 같은 사람들
하얗고 정갈한 입술의 속삭임

들려주고 싶은가 보다 밤이 새도록
한 올 한 올 빼낸 실 고운 꿈 달아 메어
온 세상 그리운 이들에게 날려 보내려나 보다

눈치채지 못하게 조금씩 몸을 숨기며
꿈을 담아 내려 보내고
세상의 아름다운 사랑을 엮어내어
둥근 세상을 만들고 싶은가 보다

가면

여러 가지 얼굴
색깔도 다채롭고
표정도 상상을 넘어
웃음 뒤에 눈물이
눈물 뒤에 삐에로가

모르는 것 안다 하고
아는 것은 모르는 체
정답을 보여준 적 없고
진실을 말한 적도 없다

만남이 그저 그런 거지
온 세상 속 얼굴 없으니
모두 껍질만 쓰고 산다

나의 부엌 이력서

천구백육십칠년 오월
양은 쟁반 위
밥 그릇 국 그릇 두벌
접시 두 개 수저 두벌
무명천 꽃잎 몇 개 올려진
보자기 가림 해 놓고
근사한 찬장은 아니어도
튼튼한 나무 사과 괴짝 두 개
있었으면 좋겠다

천구백육십팔년 삼월
수저 열 개 밥공기 열 개
다리 달린 양은 상
멋진 부엌 아니어도
참 부자 되었네
마주 보고 웃었지

대추나무

쏘옥 고개 밀고
에서제서 동동
새 삶 준비 하는데

마른 몸 기척도 없이
잠에서 깰줄 모르네
언제쯤 철이 들어 주려나

바람결 흔들릴
꽃술 보듬고
뿌리 속 숨어 숨어
알알이 달고 나올
꿈을 꾸시는가

해 질녘 문 열일
내숭덩이 당신은
마지막 선수

춤

흥이 교합되어지면
팔이 벌려 지며 어깨가 으쓱
다리의 놀림이 천천히
혹 빠르게
가락의 리듬을 탄다

뼈마디 하나하나
빠져 나가면
흐물대는 몸둥이
바람 결에도 흔들리고

다시 제자리 찾나 싶으면
각이 되어 꺽이운다
무용수의
몸과 혼이 하나 되어
소리없이 말을 전하며
모두의 생각과 일점을 만들어 낸다
아름다운 꿈을 꾸게 한다

노부부

흰머리 파뿌리 되도록
건강 할 때나 아플 때나
함께 살아야 한다는
언약이 있었다

어긋난 일상 에서도
티격이면서 기술을 익혀
한발 한발 발을 맞추는 동안
신기하게도 닮았다는 소리를 듣고
눈물도 웃음도 적당히 버무릴 줄 안다

서로의 눈빛으로 말을 대신하고
내가 너 되고 네가 나 되며
이제는 맞춤의 고수가 되어
서로를 의지하고 살아 간다

말

동동
가시가 있었고
홀씨 같은 수다
믿을 수 없었고
속내 이야기
내 뱉을 수도 없었네

말에는
가시가 있었고
뼈도 있었네
예쁘고
고운 것만
차려지는 것이
아니었네

제4부 유혹이다, 유혹

유혹이다, 유혹이야

조신한 모습으로
순결한 예배를 드리고
거룩 거룩 찬양 속에 고백한 말
주님의 기쁨 되기 원합니다

집으로 돌아오는 축복 받은 길
새로 이사 온 앞집 붉은 목단이
어제는 봉우리 속 수줍게 숨더니
환한 웃음이 담장을 넘는다

살짝 들어가 코를 맞댄 입맞춤
가슴 밑 끓어 오르는 사랑
내것으로 만들고 싶다
이것은 유혹이다 유혹이야

지금도 성전의 십자가 높이 서서
빙긋이 웃으시며 찬양을 들으시는데
내가 원하는 것 한 가지
주님의 기쁨이 되는 것

송구영신 예배

새 초에 불을 밝혀
어둠 속 한 해를 본다

초의 눈물 훔건 할 때
내 눈물 고여지고
흘러내린 눈물 따라
삶에 끈 흐른다

고요 속 아픈 신음
새털처럼 날아가고
작아진 초 길어진 내 모습
바람 따라 몰아가는
흔들림 속 유희
붉은 치마 속 타버린 검은 심지

천사의 노래 못 부르나
정성 다한 찬양소리
님 기다린 옥합 열어
향 울린다

오소서 오소서
어서 오소서
새해에도 새롭게
거듭나게 하소서

필리핀 오지의 천사

보석을 심은 듯 그렁한 눈동자
마주한 눈빛에 애절한 바램
모른체 눈 돌린 이국 할매에게
고운 보조개 피우며 인사를 한다

하나하나 달려와 모인 천사들
빛나는 피부 속에 발가락이 보인다
모두모두 맨발로 반긴다

손등에 스티커 하나 붙여주고
풍선 불어 쥐어 주고
마음에 인형극을 담아 주었다

떠들썩한 운동장에서의
만남은 끝나고
높고 푸른 하늘에 두둥실 구름이 간다

뿌연 먼지를 일으키며 돌아가는

뒤 꼭지가 부끄럽다
천사들의 가슴에 인형극만 남아라

오늘의 만나

하나님께서는
광야에 나를 세우시고
매일의 만나를 내려 주신다
그리곤 나를 지켜 보신다
한 개만 가져가는가
두 개를 가져가는가

하나님께서는
건망증이 있으신가 보다
하루에 한 개만 가져가라
일러 주시고는 잊으셨나보다
아니다 어떤날 나는 두 개를 집을 때가 있다

직접가면 안 될까

할아버지는 산으로 가셨고
할머니는 노인요양원 가셨다
아버지 어머니도 그리 하실 테지
나도 할아버지 되면
요양원을 거쳐 납골당으로 가겠고

목사님은 천국으로 가셨다 하시는데
노인요양원 말고
그냥 우리 집에서 천국으로
직접 가면 안 될까
남의 집은 낯설어서

에덴 동산

나는 오늘
손바닥 만한 마당에
들 꽃향 가득 심어 놓고
님에게 편지를 썼습니다

나는 오늘
올망졸망 작은 별 닮은
빛나는 눈망울들 앞에서
노래를 만들었습니다
사랑하는 님 앞에서 부를 노래를

나는 오늘
집 앞
강으로 향한 실개천에
종이배를 만들어
편지를 붙였습니다

전 지금 에덴동산에
들어갈 연습중입니다
마음을 씻고 있습니다
저의 이름을 닦고 있습니다

새해맞이

새롭다
처음 보건만
만남도 어색하지 않음은

하늘이 있고 땅이 있고
궁창이 만들어 지던 날
예고하신 오늘이 있었던
깨끗하고 심플한 세상

어둠 속에 씨를 내리고
붉은 카펫으로 펼쳐질 새 날을
고요 속에 천금으로 마음을 담아
용광로에 불을 붙이길
기다리고 기다리고

쿵작작 쿵
저마다의 가슴 속 박자를
하나 둘 셋 세어 담으며

큰 꿈을 만들어 올린다고
용광로 불을 집힌다

새 아침

산수유 가지사이
금빛으로 내리는
햇살과 바람결을

늘 만나는 아침이지만
늘 새로운 벅참으로
마당 섶에서 떨림으로 맞는다

이름 모를 풀 한 폭에도
촉촉이 부어 주시는 생기
오늘 주시는 이 은혜는
당신께서 어이 또 내리시는가

어제와 분명 같은 아침임에도
또 다른 새로움의 희열을 품는다

오늘도 한 번 더 당신 닮은 은혜를
이 작은 몸으로 보여 지게 하소서

납골당 가는 길

흰 빛 항아리 속에 한을 담아 앉고
해를 등에 지고 재를 넘는다
울지 말아야지 웃으며 보내리라
어금니 물고 천근 발을 띄어 놓는다

침묵 속에 고인 눈물 내를 이루고
터진 통곡이 고요를 뭉갠다
가슴 치는 방망이 소리 천둥이 되어
살포시 웃음 띤 영정 위에 떨어진다

뜨거운 입술로 씻어 낸 짠 맛
사랑한다는 이유로 가슴에 묻고
당신가면 따라 간단 말 허공에 날리고
잊혀진 아픔으로 남을 줄 알기에

부끄러움 감추려 고개 숙인 채
아니 아니라고 되 뇌이면서
방울방울 떨어지는 물방울들이
한잎 한잎 꽃잎으로 흩어져 간다

노랑나비

검은 띠를 두르고
노란 나비가 날고 있다
어둠과 무거운 서러움이라 말하지마
나비는 평화롭게 비행을 한다

서러워 마라
아파마라
안타까움이 오늘뿐이랴
눈물이 오늘뿐이랴
늘 그랬는데
아무도 모른다 하고는

다북다북
하늘하늘 총총총
어서오소서
단 한숨의 간절함을
뉘알리요

그리움 애끓는 아픔
아들아, 딸들아
그 어느 부모의 피눈물인가

천국길에 동무되어
웃고 갈까나
꼭 만나자는 벗들의 소리 들리시는가

노랑나비가 날고있다

주님의 약속

가실 때
다시 오마
님의 숨결
세마포 속에

기억 속
담지 못해
눈물이었네

풍문 속
오신님을
지척에 두고

어둠 속
방황하는
냉한 손길에

따스한
님의 향기

전해집니다

콩닥콩
가슴 속에
어이 오셨나

바람타고
햇살타고
찾아 오셨나

피 값으로
잡으신 손
놓치 마소서

님과 나
우리는
하나입니다

새해의 기도

사랑한다 사랑하자 말들 해 놓고
행함없던 부끄러운 허튼 약속을
주님앞에 가시눈물 회개합니다

맑은웃음 담기에는 밴댕이가슴
검은멍울 구멍뚫린 그릇입니다

그렇지만 새날주신 나의야훼께
향방없는 소송싸움 없게하시고
편견아집 개인욕심 죽여주시며

평안주신 나의주님 새밀한음성
무릎꿇어 공손하게 들게하시어

불순종의 요나처럼 물고기뱃속
롯의아내 소금기둥 된 것을 보고

설혹 나를 이해 못해 아픔주어도

에스더와 한나기도 본받으면서
롯과 같이 순종의맘 마르다봉사

주신사명 믿음으로 이루어가길
전능하신 하나님께 간구합니다

결혼 축시

참되고 아름다운 날
쪽빛 하늘이 맑은 호수 만들어
곱게 향내 피우고
축하의 마음들을 띄웠습니다

행복한 미소들이 흔들어 채워지고
천사도 흠모할 사랑을 보옵니다

사랑이 가을처럼 영글어
달 항아리에 담아진 오늘
사랑과 존경의 촛불 밝히고
축제의 연을 날립니다

세상에서 가장 귀한 연인이 되어
짧고도 먼 인생길
동행하는 님들 되셨으니
잡은 손 놓지 마소서 꼭 잡고 가소서

목소리만 들어도 가슴 설레던 처음 만남처럼
황홀한 홍조 가득한 오늘처럼
머―언 훗날에도
참으로 그렇게 뜨겁게 사랑하소서

화성에서 온 님과 금성에서 온 님이
실과 바늘이요
머리에 쓰고 다닐 갓과 갓 끈이요
한 켤레의 새 신이 되었으니
둘 중에 하나 잃으면 아무 소용없어라

본향 가는 날

요단강을 건너
이승에서 저승으로 간다
많고 많던 짐들은 다 버려두고
홀홀단신 빈손으로 간다

두고 가는 님들이야
슬픔을 훔치며 먼 산을 보겠지만
그도 잠시 세월가면 잊혀질 것

천사의 나팔 소리
저승길을 인도하니
본향 집 문 앞에 기쁨이 걸렸구나

바람아 전해주오
내 사랑 잊지 않고 본향에서 기다린다

긴 긴밤 외로우면 성경 꺼내 읽어 주오
다문 다문 외워주던 그 구절 읽어 주오

세상 살이 서러워도
살만 했다 전해주오

나는 하나님의 대사

1948년 7월 10일
막중한 임무를 띠고 이 세상에 보내졌다

산다는 것이 다 그런 것이지만
하나님을 기쁘게 하랴?
사람을 기쁘게 하랴?

나는 그래도 하나님이 기뻐하신 딸이었지?

사람의 마음에 들랴?
하나님의 마음에 들랴?

나는 그래도 하나님이 마음에 드는 딸이었지?

기도

주님!
지금 여기
한 손 마른 여인이
마른 손 부끄럽게 당신 앞에 올리고
보혈이 생수되어 온기 퍼지길
간절한 마음으로 기다립니다

주님!
당신이 오시는 날
이 손 들고서
따뜻한 마중을 하고 싶어
차가운 손 높이 들고 기다립니다
불길 같은 성령이여 오시옵소서
「지금 네 이웃 보듬음이 너의 손 고침이라」
들려진 그 말씀이 사랑이지요?
들리게만 마옵시고
행하게도 하옵소서 주님이시여!
두 손 모두 당신께 맡기렵니다 아 멘

육군 교도소에서

아들아!
내가 너를 얼마나 안다고 해야 할까
네가 나를 얼마나 안다고 해야 할까
나는 널 배고 낳고 키우느라 평생을 바쳤거늘
너를 위해선 못할 일이 없었거늘

아들아! 사랑하는 아들아!
널 위해 희생했다 생각지는 않는다만
밤에도 낮에도 나는 눈물이 흐른다
네가 나를 위해 울고 있다는 것을 알기에

아들아!
울지 마라, 일찍 피는 봄의 꽃도 좋지만
*늦가을 서리가 내릴 무렵의 피는
국화 향기는 그 어느 꽃보다 귀하지
너는 국화 향으로 나의 노후를 향내 나게 해줄 꽃

아들아!

내 가슴에 솔씨 같은 씨앗을 심어 놓고

큰 재목의 대들보를 그려 주더니
지금 누가 내 삶을 만들어 주는가?

아들아!
살아간다는 것은 고독한 일인 것을
*고독하다는 것은 고립과 다르다고 했지
고독에는 관계가 따르지만
고립에는 관계가 따르지 않는다고
절대 고독이란 의지 할 곳이 없이 외로워서
흔들이는 그런 상태가 아니라
당당한 인간 실존의 모습이라고

아들아!
우리의 영혼에는 기도가 필요하다
진정한 기도는 종교적인 의식이나 형식이 필요 없지
오로지 간절한 마음만 있으면 된다

내 아들 심연에 날 들일 수 있다면
나는 기다리리, 산고의 고통을 몇 번 더 겪는다 해도
내 아들과는 바꿀 수 없지

사랑하는 아들아!
*지금 무엇이 되어야 하고 무엇을 이룰 것인가
물으면서 기도하자
**하나님도 가끔씩 눈물을 흘리신다지
산 그림자도 외로움에 겨워
한 번씩은 마을을 향하여
**새들이 나무 가지에 앉아서 우는 것도
모두 외로움 때문이라지
그래 아가야! 살아간다는 것은
외로움을 견디는 일이란다
한 가락에 떨면서도 따로따로 떨어져 있는
거문고 줄처럼 너와 나는
서로를 위해 가락을 엮는 것이다

신이여! 우리의 과거는 묻지 마소서
지금 이 모습 지킬 수 있도록 도와 주소서
옹이로 굳어진 아픔의 흔적
가만히 어루만지며 서로를 위해 기도하렵니다

* 법정 잠언집에서
** 정호승 선생님 글에서

카인의 후손

하나님을 아버지라 부르고 살라시며
세상 사람 모두를 섬기라시네
전쟁을 만든 이를 따로 있건만
평화는 나를 보고 만들라시네

잠시 동안 쥐었던 작은 것 하나
부지 중 잃고서 눈에 안 띄면
한숨도 못 자는 새가슴에게
그리도 크신 말씀을 내리시는가

아우를 땅에 묻고 피 소리 숨긴
카인의 후손을 몰라보시나
제가 바로 카인의 후손입니다

마른 뼈에 생기를 넣으시면서
새가슴에 사랑도 심어 놓으신
아버지의 크신 뜻 헤아립니다

너도 세상 마른 뼈를 사랑하거라
내가 카인 후손 너를 사용하리라
내 아들과 너를 바꾸었나니
지금부터 네가 내 아들이라

아버지라 부르게 하심
이제사 깨닫고 할 일을 알았습니다
아버지의 아들임이 순종입니다

새 아침

산수유 가지 사이
금빛으로 내리는
햇살 바람

늘 맞는 아침이지만
새로운 벅참으로
마당 섶 떨림으로 서니

이름 모를 풀 한 포기에도
촉촉 부어 주시는 생기
오늘 주시는 이 은혜
어이 또 내리시는가

어제와 분명 같은 아침임에도
또 다른 새로움의
희열을 품는다

당신 닮은 은혜 한 번 더

이 작은 몸으로
보여지게 하소서

대통령 후보

우체통 무겁게 들어앉은 후보들
촌 아낙의 한 표 고개숙여 손 내미네
도도하고 당당하게
돋보기 내려 쓰고
하나하나 집어 보니
모두 좋은 후보들
1 문재인 나라를 나라답게
2 홍준표 지켜내겠습니다 자유 대한민국
3 안철수 시대가 급변하고 있습니다
4 유승민 보수의 새 희망
5 심상정 노동이 당당한 나라
6 조원진 대한민국을 확실히 살릴
7 오영구 새로운 정당 새로운 사람들
8 장성민 99% 국민에게 희망을
9 이재오 개헌
10 김선동 이제는 세상을 바꾸자
11 남재준 이대로는 안된다 조국을 지키자
12 이경희 두근두근

13 김정선 사퇴

14 유홍식 양심이 승리 하는 세상

15 김민찬 국가를 지키고 국민을 보호

이렇게만 된다면?

대통령 탄핵 날

서럽다
숨긴 눈물

촛불아
태극기야
이제 그만 흔들거라

구태의연
어여쁜 모습
꿈 같이 지나갔다

칠흑 같은 어둠 속
발맘 발맘*을
무겁다

* 발맘발맘: 한 걸음씩 또는 한 발씩 천천히 걸어가는 모양

제5부 바보 다람쥐들 이야기

바보 다람쥐들 이야기

깊은 산골 숲 속 마을에 다람쥐 총각이 살고 있었어요. 생긴 것운 멋있고 능력 있는 총각 다람쥐는 많은 처녀들의 선망의 대상이었지요. 그래서 늘 총각 다람쥐 마음에 들게 하려고 처녀 다람쥐들은 아니 여자 다람쥐들은 맛있는 밤이랑 도토리를 좋은 것으로 골라서 총각 다람쥐에게 갖다주곤 했어요. 총각 다람쥐는 모른척 하고 자기의 창고를 맡기기 시작했어요. 1호, 2호, 3호, 4호, 5호,… 창고를 맡긴 후 그 창고에 맛있는 열매를 가득 채우게 했지요. 그리고는 가장 열심히 창고를 채우는 여자 다람쥐에게 자기의 정열을 불태우는 날을 보내곤 했지요. 사랑이란 이름으로 말이에요. 모든 창고가 가득 채워지던 어느 날 숲 속 마을에도 겨울이 찾아오게 되었지요. 다람쥐들은 따뜻한 거실에 모여 흰 눈이 펑펑쏟아지는 창밖을 보며 그 동안 모아 놓은 맛있는 열매를 먹으며총각 다람쥐의 사랑 받기만을 기다리고 있었지요.

그때 가장 약하게 생긴 그래서 열매도 제일 못 물어 와서 총각 다람쥐의 사랑을 못 받던 여자 다람쥐가 문 밖으로 살짝 빠져나와 눈길을 헤치고 밤나무 동산을 찾아 가는 거예요. 이 약한 여자 다람쥐는 총각 다람쥐의 사랑을 받을 때가 맛있는 밤을 들고 가 상차림을 해줄 때였다고 생각 되었지요. 그래서 언 발과 손을 불어가며 눈밭을 헤집어 싱싱한 밤을 한 톨이라도 주으려고 이 나무저 나무 밑을 찾아 다녔어요. 몇 나무 밑 눈밭을 더듬던 약한 다람쥐는 드디어 커다란 밤 한 톨을 줍게 됐어요. 약한 다람쥐는 총각 다람쥐의 기뻐할 모습을 생각하며 자기의 배고픔도 잊은 채 눈 덮인 산길을 달려오기 시작했어요. 날은 점점 컴컴해지더니 세찬 바람까지 불어 여기저기에 나뭇가지들이 꺾어지고 눈덩이까지 굴러 약한 다람쥐를 덮쳐버렸어요 하지만 약한 다람쥐는 밤 한 톨을 꼭 가슴에 품고는 총각 다람쥐를 만나야 한다는 생각으로 나뭇가지와 눈 속을 헤치고 집으로 돌아왔어요.

약한 다람쥐의 눈에는 피가 흐르고 온몸은 상처투성이가 되었지만 가슴속에 숨겨온 밤 한 톨은 싱싱한 맛 그대로 총각 다람쥐에게 건네주게 되었지요. 약한 다람쥐는 결국 총각 다람쥐의 사랑을 받게 되었지만 앞을 볼 수 없는 불쌍한 다람쥐가 되어 버렸어요. 총각 다람쥐는 건강해서 먹기도 잘하는 다른 여자 다람쥐들이 보기 싫어졌어요. 창고에 맛있는 열매가 아까워서 여자 다람쥐들을 쫓아내야겠다고 생각했어요. 총각 다람쥐는 꾀를 냈지요.
앞을 못 보는 약한 다람쥐 방에만 놀러 들어가 사랑을 듬뿍 주기 시작했어요. 앞을 못 보니까 먹이도 주는 것만 먹는 약한 다람쥐는 총각 다람쥐의 핑계거리로 되었지요. 건강한 다람쥐들은 질투가 나기 시작 했어요. 그러니까 서로 싸우게 되고 집안이 시끄럽게 되었지요. 총각 다람쥐는 동네 어른들에게 질투심이 많고 불쌍한 약한 다람쥐를 구박하는 시끄러운 다람쥐들을 쫓아 내달라고 말했어요. 동네 어른 다람쥐는 총각 다람쥐에 여자 다람쥐들을 모두 쫓아 내버렸어요. 총각 다람쥐의 꾀에 모두 넘어 간 것이지요. 총각 다람쥐는 눈 먼 다람쥐와 둘이서 겨울을 나게 되었지요. 그런데 이상한 것은 창고에 가득 가득 채워진 열매들을 먹는 소리가 한결 같이 똑 같았어요.

총각 다람쥐의 먹는 소리는 아이고 달공 달공
눈먼 다람쥐의 먹는 소리는 아이구 씨공 씨공

총각 다람쥐는 자기는 맛있는 단 열매만 먹고 눈먼 다람쥐에게는 맛없는 쓴 열매만 주었기 때문이지요.

<구전으로 내려온 이야기>

이름값을 합시다

몇 년 전 파라과이 여행 중 교민 1세이신 전직 초등학교 교장 선생님을 생각합니다. 그분께서 우리 가족의 이름을 적어 보라고 하시어 저는 남편, 큰 아들, 작은 아들의 이름을 적어 드렸습니다. 이름을 보시더니 남편은 말이 없고 표정이 없는 분이다 그 속을 모르는 사람이라 밖에서 처첩을 서넛은 거느려도 나는 모르고 지난다는 것이었습니다. 큰 아들은 서른여덟이 넘으면 효자가 된다고 하셨고 저는 지금 이름값을 하고 있는 거라고 하셨습니다.

사람마다 제 나름의 이름이 있어 이름값을 하며 살아가는데 이름을 잘 지어야 한다는 것이었습니다. 그렇습니다. 생각해보니 맞는 말씀이셨습니다. 이름값을 하는 사람이 잘 사는 사람이었습니다. 아들, 딸이라는 자식의 이름, 어머니 아버지라는 부모의 이름, 시장, 의원, 공무원, 사장, 회사원, 선생님, 제자, 사업가, 정치인, 예술가, 의사 등등 여러 이름을 제 나름대로 그 이름에 근사치 모습으로 사는 사람이 잘 사는 사람이었습니다.

우리는 문인이라는 틀 속에 작가가 되어 시인으로 소설가로 수필가로 제 나름의 이름값을 하며 살아갑니다. 중세에는 시인을 예언자라 칭하기도 했다는 말을 들은 적이 있습니다. 지금은 유신의 독재시대도 아니요. 일제강점기도 아니지만 혼란의 정신적인 흔들림이 희망이라는 끈을 놓으려하고 암흑의 우울함이 사회를 칙칙하게 그림을 그려가는 세상으로 변하고 있는 것은 부인할 수 없습니다. 지천에 널려있는 작가들이 이름값을 하지 못한 까닭은 아닐까 싶어 감히 외람된 말을 적어 보았습니다.

정신적인 혁명을 주도하는 이름이 작가인 것은 분명하기에 이제 작가는 모두 깨어 이름값을 할 때가 되지 않았을까 싶습니다. 고고하고 드높은 위상을 훠이 훠이 날리는 참 작가이고 싶습니다. 세상의 물결을 흔들어 새롭게 생명을 넣어주고 싶습니다

작가들이여 이름값을 합시다.

무작정 가출

냉이는 책가방을 싸들고 집을 나섰다. 책가방 속에서는 팬티 두 장, 바지 하나 T셔츠 하나를 구겨 넣고 칫솔과 수건 한 장 교과서 2권 소월시집 한권을 넣으니 가방은 탱탱히 불러진다.

한 손에 성경을 들고 천천히 마당을 가로질러 신작로 버스 정류 장으로 발을 옮기는 냉이는 이제 다시는 이 길을 돌아오고 싶지 않다는 생각을 하며 먼 하늘을 올려본다.

내 집이라고 말하기에는 너무나 먼 느낌의 나의 집, 어머니의 재혼 길을 따라 온지가 십년이 되었건만 이 집에서 잠을 잔 날수 는 몇 달이나 될까?

초등학교를 고모집에서 얹혀 지냈고 중학교는 하숙을 하고 고 등학교는 자취를 하며 지낸 지난 날들을 생각해 본다.

신작로에 다달았을 때 멀리 집뒤에 보이는 까치 둥지, 띄엄띄엄 떨어진 초가마을, 전쟁을 치르고 난 후의 고적처럼 사람의 그림자 도 보이지 않는 고요속의 여름 한낮을 매미 소리만이 맴맴 슬프게 더위를 달랜다.

"엄마, 나 친구집에 며칠 다녀올게"

이 말 한 마디만을 뒤로 한 채 어머니의 대답도 듣기 전 냉이는 무작정 가출을 시작한 것이다. 버스가 뽀얀 먼지를 일으키며 정류장에 선다.

냉이는 버스에 몸을 실고 창가를 의지한다. 몇 안되는 승객은 낯선 사람들 뿐, 그도 그럴 것이 이 동네에서 냉이를 아는 사람이 몇이나 될까?

하지만 누가 안다고 말이라도 붙일 것이 두려워 두눈을 감아 버렸다. 냉이는 서울역에 도착했다는 차장 언니의 안내를 듣고야 눈을 떴다.

2시간이나 되는 시간을 아무 생각없이 그렇게 잠들어 있었다니 냉이 자신도 놀라웠다. 냉이는 가방을 들고 서울역에 가서 부산가는 막 떠나려는 기차표를 사서 난생 처음 부산으로 향하는 차에 올랐다.

차표의 좌석에 앉고 보니 앞 좌석에는 젊은 아주머니가 두 살이 될까말까한 아이를 얼르며 앉아있다. 냉이는 가방을 열어 놓고 성격을 폈다.

눈을 훑고 지나가는 성경말씀이 머릿속에 들어올리 없지만 그래도 그냥 그렇게 읽어 나갔다. 얼마나 지났을까. 해가 지더니 어둠이 기차 안까지 밀려 들어왔다. 희미한 전등이 켜지자 냉이의 가슴에는 아직까지 아무렇지도 않던 그저 정말 어디 여행을 떠나는 마음이던 그것이 설레이기 시작하더니 불안이 엄습해왔다.

"나는 지금 어디로 가는 것일까? 나를 맞이해 줄 곳이 어디 있단 말일까?" 이 세상 아무 곳에도 냉이를 반겨줄 사람이 없다는 것을 냉이 자신이 잘 알고 있는데 냉이는 지금 낯선 땅을 향해 가고 있는 것이다.

초조한 마음이 두눈에 감기더니 이내 개울이 되어 흐르기 시작했다. "그래도 집보다는 더 낫겠지." 냉이는 떠나온 감내 마을을 생각했다.

누가 뭐라 하는 사람도 없다. 그저 냉이가 들어오면 "들어 왔구나" 나가면 "나가는 구나"하는 사람들만이 모여 있는 곳. 냉이 어머니는 냉이로 인해 많은 사람의 눈치를 보며 살아가는 곳. 냉이 자신을 귀찮게 하는 아무것도 없는데 냉이는 그곳이 답답하고 싫었다.

"저 학생, 학생" 앞에 앉아 있던 아주머니께서 부르는 소리에 냉이는 손바닥으로 얼굴을 닦고 아주머니를 바라보았다.

"학생, 어디 가는 거야?"

"네, 저 부산에 가요."

"부산에 처음인가봐?"

"네."

"몇 살이야?"

"열일곱살이예요."

"학교는 어디다녀?"

"서울 K여고예요."

"공부를 잘하는 모양이네."

아주머니는 여기까지 말을 걸고는 언제 냉이를 보았냐는 듯 자기의 애기를 얼른다. 냉이는 창 밖을 보았다. 이제 까만 창문에 냉이의 눈물로 얼룩진 얼굴만이 비추인다.

"내가 여름 방학이 끝나도 집으로 돌아가지 않으면 어머니께서 찾으시겠지? 아니 어머니께서 찾으시다가 곧 포기하실거야. 편지나 한 장 띄워야지. 죽지않고 살아있으니 염려 마시라고. 내가 없으면 어머니도 편안하실 거야. 공연히 눈치 보지 않으셔도 되고."

냉이는 벌써 어머니가 그리웠다. 하루가 지난 것도 아니건만 냉이의 머리 속에는 어머니의 여러 모습들이 꽉 차오르기 시작했다.

"엄마"

냉이 두눈에는 또 눈물이 고인다. 뜨겁다고 생각하는 눈물이 냉이의 볼을 타고 흐르더니 곤색 교복 스커트에 뚝 뚝 떨어진다. 어깨가 흔들리도록 격정이 솟는 다. 서러움의 생이라고 느꼈다.

"하나님은 왜 나를 이 세상에 만들어 놓으셨을까? 어느 곳에서나 불필요한 내가 왜 살아가는 것일까?"

냉이는 하나님을 생각했다. 그리고 기도했다. 그리곤 냉이의 머릿속에는 조용한 바닷가 찻집의 여인이 그려졌다. 멀리 부산 외진 곳에 가서 다방 일을 돌보며 바닷가의 찬바람을 느끼며 글도 쓰고 사랑하는 사람들도 만들어가야지 생각했다. 오가는 길손들에게 투박한 질그릇 같은 커피 잔에 향내 나는 이야기를 담아 냉이의 가슴에 묻혀 있는 소리를 들려주어야지 생각했다. 그러면서 냉이는 마음의 평안을 찾아가고 있었다. 얼마를 눈을 붙이고 지나 갔을까.

"학생! 학생!"

앞자리의 아주머니께서 깨우시는 바람에 냉이는 눈을 뜨고 아주머니를 바라보았다.

"만약에 학생이 갈 데가 없으면 우리집에 가자. 부산에 닿으면 밤 열한시가 넘는데 그 때는 시내버스도 끊어지고 부산길이 처음이라며."

"부산이라는 곳은 무서운 곳이야, 말씨도 틀리고 배를 타는 사람이 많아서 학생 같은 여학생은 밤에 혼자 있으면 안 돼."

"고맙습니다. 오빠네가 동래에 사시는데 늦어서 못 가겠지요?"

"그럼, 거기 가려면 서면 가서 갈아 타야 하는데 않되지."

냉이는 사실 오빠네를 생각하고 있었던 것이 아니었는데 아주머니에게 무작정 집을 나온 아이로는 보이고 싶지 않았기에 감내 집 오빠를 이야기 했다. 감내 집 막내오빠가 동래에서 회사에 다니신다는 소릴 들었고 명절 때면 오셨다가 냉이에게 가장 친절하게 대해주는 분이시다.

"우리 집에서 자고 내일 오빠 네를 찾아 가도록 해."

참 친절한 분이라고 생각하며 그때야 자세히 애기와 엄마를 섞어 바라보았다. 참 곱고 조용하신 모습의 아주머니라고 생각됐다. 냉이는 차라리 아주머니를 따라가 그 곳에서 일자리를 찾아보는 것이 좋겠다고 생각하며 오늘 밤은 이 낯선 아주머니를 따라 가리라 결정을 했다.

생전 처음 보는 이를 따라가 낯선 집에서 지내야 한다는 것은 냉이를 슬프게 했다. 누가 집을 나가라고 한 것도 아닌데, 서로가 다른 성질의 이물들이 따로따로 엉켜 어울리지 못하는 것 같기에 집을 나가야 마음들이 서로 편하고 좋을 것 같아 가출을 결심한 냉이의 마음에 끊어졌던 눈물이 참을 수 없이 흘러내리기 시작했다.

이럴 때 정말 감내 막내오빠가 나의 친오빠라면 얼마나 좋을까? 냉이는 아무렇지도 않게 오빠 집에서 즐거운 방학을 보내고 서울로 올라 갈수 있겠지. "저 학생 내릴 준비해."

아주머니는 애기를 챙겨 안으시고 선반 위에서 작은 가방을 꺼내신 후 앞으로 나가신다. 밝은 전깃불이 환히 켜지고 안내하는 방송 아저씨의 소리는 기차 안의 사람들을 부산역으로 쏟아 놓는다. 알아 들을수 없는 시끄러움이 고막을 때린다.

"학생 내 뒤를 따라와."

아주머니는 그 북적대는 인파 속에 냉이를 잃어버릴세라 주의를 주셨다.

냉이는 아주머니의 뒤를 바짝 붙어 책가방 속에서 기차표를 꺼내 출구에 서있는 승무원 아저씨에게 내밀었다. 그리고는 아주머니의 작은 가방을 한손에 받아들고 아주머니를 잃어버리면 않된다고 생각하며 바싹 뒤를 쫓아갔다. 갈곳 없는 냉이를 해적선에 들어올릴 것 같은 두려움에 가슴이 쿵쿵 뛰는 소리가 냉이의 귀에 들려왔다. 냉이는 아주머니의 뒤를 쫓아가며 길을 잘 익혀 보았다. 은행골목, 옷집, 약국, 구멍가게 ….

얼마를 골목을 돌아 올라가시더니 아주머니는 "저 집이야"하고 손가락으로 가리키신다. 냉이가 아주머니의 손가락 끝으로 눈을 돌려 본 곳은 음악 감상실이라는 간판이 붙어 있었다.

"이 음악 감상실이 우리집이야."

아주머니는 철계단을 오르시면서 냉이를 내려다 보았다. 냉이는 아주머니의 뒤를 따라 철계단을 오르니 음악 감상실 주방이 나왔다. 냉이와 아주머니는 음악 감상실 뒤쪽으로 올라온 것이었다.

몸을 반이나 구부린 후 나갈 수 있는 작은 쪽문이 음악 감상실 쪽에 있었다. 컴컴한 조명등을 하여서인가 음악 소리만 들릴 뿐 안이 보이지가 않았다. 아주머니는 조심스럽게 쪽문을 열고 몸을 구부린 후 발소리를 죽여 안으로 들어갔다. 냉이는 25~6세 가량의 남자 한분과 삼십이 넘어 보이는 여자 한 분이 조그만 동그라미 의자에 앉아 있는 것을 보았다. 냉이는 머리를 숙이고 인사를 한 후 한쪽 구석에 서 있었다. 안에서는 곡명 모르는 노래가 흘러 나오고 있었고 사람들의 소리는 들리지 않았다. 잠시 후 여자 DJ인듯한 사람의 목소리가 마이크를 타고 흘러 나왔다. 오늘의 음악 감상은 이제 끝이 나고 내일 다시 뵙게 되기를 바란다는 내용의 인사 같았다. 의자 부딪히는 소리가 우당탕탕 나더니 앞쪽 계단 내려가는 소리가 부산스럽게 들려왔다.

불이 환히 켜지자 쪽문을 열고 주방에 있던 분들이 홀 안으로 나가기에 냉이도 뒤따라 들어갔다. 홀 안에 있던 사람들은 남자 한명, 여자 두명이었는데 아주머니가 계셔서 모두 네명에다 주방에 있던 사람을 합치니 남자 두명에 여자가 다섯명이었다. 의자들을 한데 모으고 테이블을 죽죽 밀어 모으더니 그 곳에 종업원들이 자는 잠자리가 됐다. 한쪽 구석에는 남자들이 자는 곳이고 한쪽 구석으로는 여자들이 잠을 잔다고 했다. 냉이는 다른 종업원들과

쇼파 두 개씩을 붙여 놓고는 잠을 청해 누웠다. 그러나 냉이의 눈은 좀처럼 감기려 들지 않았다.

기차에서부터 잠을 자고 와서인지 아니면 낯선 곳의 두려움 때문인지 아무리 잠을 자려해도 잠이 들지 않았다. 한쪽 구석에서 자고 있는 두 남자를 생각하면 더욱 잠들수가 없었다. 냉이가 아직까지 본 남자 중에 삼촌이라고 말하는 그 사람은 작달막한 키에 뚱뚱한 몸 징글맞게 늘어진 턱, 가는 눈, 너무나 소름이 끼치는 인상으로 처음 보는 혐오스러운 마음까지 드는 무서운 모습이었다. 냉이는 후덥한 여름 밤의 공기 속에 질식될 것만 같은 호흡을 길게 뿜어 보았다.

윗층으로 올라가는 계단 밑에 방을 하나 꾸며 그 곳엔 냉이를 데려온 주인 아주머니와 애기가 자고 있었다. 냉이는 온몸이 끈적거림 속에 "아 목욕이라도 하고 싶다."고 생각하며 감내의 시원한 우물물이 그리웠다.

"내일은 그냥 집으로 돌아갈까?"

"아니야, 이왕 이렇게 나온거 나의 삶을 내가 살아 가는 거야."

냉이의 옆에서 자는 사람들은 어느새 코고는 소리를 내며 잠이 들어가고 있었다.

냉이는 억지로라도 눈을 감고 잠들기를 기다려야 했다. 성경 말씀을 기억해 보려했다. "여호와는 나의 목자시니 내게 부족함이 없으리로다. 나로 하여금 푸른 초장으로 인도하시고."

냉이의 곁에는 늘 하나님이 함께 하심을 냉이는 왜 잊고 있었을까? "나를 기가막힐 웅덩이와 수렁에서 끌어 올리시고 내 발을 반

석위에 두사 내 걸음을 견고케 하셨도다."

"자자 자야지."라고 생각했을 때 주인 아저씨가 들어오는 소리가 들렸다. 냉이는 실눈을 뜨고 불빛이 새어 훤한 입구 쪽을 바라보았다.

"늦으셨어요."

"응."

아저씨는 아주머니보다 열 살 이상은 늙어 보이는 분이셨다.

아주머니는 어두컴컴한 홀 안쪽을 바라보고는 속삭이듯 남편에게 낮에 있었던 일을 이야기 한다. 그 이상한 삼촌이 일어나

"형님, 이제 오시는교."하고 불빛 속으로 들어왔다.

"참 쓸만한 애에요. 서울K여고 2학년이래요."

"그래 잘 말해서 일 해보도록 하지 그래."

"한 번도 밖에 나와 보지 않던 애라 어떨까 몰라."

"순진해 보이더만요."

냉이는 그들의 이야기를 모두 들어버리고 만 것이다. 냉이는 빨리 이곳을 나가야겠다는 생각이 들기 시작했다. 냉이의 무작정의 가출이 이런 의미의 것이 아니었다.

음침스러운 공기가 감도는 분위가와 탁한 공기 속의 음악 감상실 소파 위가 아니었다. 여행을 사랑하는 사람들의 따스한 눈빛과 외로운 나그네들의 쉼터 같은 곳, 앞이 넓고 푸른 바다가 보이는 아늑한 분위기의 시골 찻집 안에 앉아있으면 세상 속의 슬픈 삶은 파도 노래가 되어 실려 보내고 사랑과 기쁜 마음만이 출렁이는 곳

참 이상한 일이었다. 냉이는 한번도 다방이라는 곳에 들어가 본

적도 없는데 어느 소설 속에서 읽었을까? 영화 속에서 보았을까? 어느 곳에 그런 파라다이스가 냉이를 기다려준다고 무작정의 가출을 결심한 것일까?

"삼촌, 또 공연히 참한 애 건드리지 마세요. 쟤는 그런 아이가 아닌 것 같아요."

"아이 형수님, 집나온 애들이 다 그렇지. 그렇지 않은 애가 어디 있어요?"

냉이의 가슴은 뛰기 시작했다. 못들은 것을 들은 것이다.

"새벽이 오면 나는 가방을 챙기고 이곳을 나가야지."

냉이는 낯선 찐득한 여름밤을 뜬 눈으로 새며 새벽이 오기를 기다렸다. 감내 마을의 어머니가 너무 보고 싶었다.

웃어라 이천! 평생학습인이 간다.

주(柱) : "기둥 주" 는 시민이 이천의 평생학습 기둥이 되어 시민에 의한 평생학습이 될 수 있도록 한다.

인(人): "사람 인" 은 평생학습을 통해 사람을 세우도록 하여 지역의 리더 및 자원봉사자로 양성한다.

의(衣): "옷 의" 는 우리가 입은 옷을 보여 주는 것과 같이 평생학습 결과물을 보여주고 공유 한다.

식(食): "밥 식"은 매일 먹는 밥과 같이 프로그램을 항상 쉽게 접하도록 하고 개개인에게 맞는 맞춤형 프로그램을 운영한다.

위 글은 시민의 삶을 디자인하는 평생학습도시 이천을 만들어 가고 싶은 시장님의 평생학습 여는 글에 올리셨던 글입니다.(통권 제21호 2010. 가을호)

저는 2009년 평생학습인상을 수상하였습니다.

그 기쁨과 긍지는 이천의 기둥(柱)이 될 수 있는 힘이 생겼다는 자부심이 얼마나 컷는지 모릅니다.

한 예를 들면 주민센터에서 서류를 발급 받으려는데 도장이 필요한 것을 모르고 갔다가 집에 가서 도장을 갖고 와야 할 일이 생겼습니다. 시계를 보니 집에 갔다 오면 공단에 서류를 제출해야하는 시간적 여유가 없었습니다. 저는 우선 서명하고 서류를 발급해 주시면 공단 마감시간까지 서류를 접수하고 도장을 갖고 와서 날인토록 하게 해달라고 담당직원에게 정중히 부탁을 드려보았습니다. 그러나 담당자는 한 마디로 "안돼요." 였습니다. 저는 은근히 화가 났습니다. 좁은 면단위에 나처럼 신원이 확실한 주민이 살고 있는데 우리마을 담당직원이 나를 몰라보다니 주민들을 위해 어떤 일을 하고 있는 사람들인가 싶었습니다. 주민들의 형편을 돌보는 공무원이라면 평생 학습인상을 받은 사람이 우리 마을에 살고 있다는 것 정도는 알고 있어야 하지 않을까 싶어서였습니다. 저는 "저 모르시겠어요?" 하고 물었지만 담당자는 헛웃음 속에 평생학습인이라는 말을 우습게 여기는 표정이었습니다.

그 날 나의 모습은 정말 우스꽝스러운 모습으로 추락하는 부끄러움을 당했습니다. 자랑스럽던 평생학습인의 모습으로 더 많은 이웃을 위한 봉사자로 더욱 그에 맞는 학습을 열심히 하여 행복한 이천시를 만들어 가는 일에 일조하겠다는 초심과 기둥이 되어야 하겠다는 그 신념이 한 귀퉁이의 석가레 정도도 안된다는 생각에 집으로 돌아오는 내 뒤통수가 한없이 부끄럽고 초라하게 느껴지며 한편으로는 공무원들의 안일한 직무태도가 실망 그 자체였습니다.

국민의 최고권 지도자가 국민이 행복한 나라를 만들어 가는 데 목적을 가지고 어떤 프로젝트를 만들어 시행하게 했다면 그에 따른 풀뿌리의 역할도 함께 따라줘야 진정 행복한 국민이 되는 것이 아닐까 싶었습니다. 서류상으로 완벽하면 모든 것이 되는 줄 아는 담당자의 직무태도가 진정한 국민을 위한 공무원은 아니라고 말하고 싶었습니다. 물론 세상이 너무 험한 세상이 돼서 믿을 만한 사람이 없다는 것은 이해를 합니다만 이천시가 주는 평생학습인상은 무더기로 주는 상도 아니고 일년에 한 사람을 선정해서 주는 상이기에 그 상의 값을 가슴 벅찬 기쁨과 무게로 받아들였습니다.

　이제 나를 사용하십시오. "지역을 위한 본이 되도록 일 하겠습니다." 하는 마음은 깨끗이 사라지고 평생학습인의 상이 나올 때마다 수상자들을 수상으로 끝내고 관리와 쓰임을 계속적으로 끌어주지 못하는 시의 평생학습이 이래서는 안 되지 않나 싶었습니다.

　평생학습을 하는 서류상의 숫자가 필요한 것이 아니라 桂人衣食이 필요하다는 것에 동의합니다. 평생학습을 통해 행복도시를 만들어 가려면 배우는 즐거움 속에 수상자들이 리더 및 자원봉사자로서 커 갈 수 있는 길을 열어주는 것도 생각해 볼 일입니다.

　이천시민이면 누구나 참여 할 수 있는 평생학습을 쉽게 만날 수 있게 되었습니다. 배움의 장르도 만족 할 만하다는 평들입니다. 그러나 배움의 기쁨으로만 끝내지 말고 자기를 갈고 닦아서 개성있는 프로들이 되었으면 합니다.

시에서는 평생학습을 통한 프로들이 될 수 있도록 우수평생학습인들을 끝까지 길을 열어주는 방안을 연구할 때가 되었다고 생각합니다.

등잔 밑이 어둡다는 말이 있지 않습니까? 이천시가 키워 논 재목들을 잘 다듬어 키울 생각은 아니하고 이웃마을 나무만 쳐다 보는 어리석음은 범하지 말아야 할 것입니다. 좋은 재료를 만들어 놓았으면 맛있는 음식을 조리할 수 있게 조리대를 만들어 주어야지 좋은 재료 있다 문서만 작성해 놓고 재료를 사용하지 않으면 썩어 버리게 된다는 것을 잊지 맙시다.

"나는 이천시 평생학습인이다."하는 긍지를 무덤까지 갖고 가는 프로가 되고 싶습니다.

웃어라 이천! 평생학습인이 간다.

자기소개

3대 독자가정의 무남독녀:

경기도 김포시 양촌면 마송리에서 3대 독자인 집안에 외동딸로 태여나 아들이 아닌것에 온 동네가 섭섭함을 느끼게 하며 어린 시절을 보냈습니다. 영특하고 예절바른 딸 이였기에 더욱 어른들의 아쉬움 소리가 제 귀에 들리곤 했습니다.

열 아들의 몫을 하리라 다짐하며 제 마음속에 자리하는 것은 아버지께서 지어주신 이름값이었습니다. 별경(庚) 선생님자(子), 별처럼 반짝이는 작은 아이들의 선생님이 되라고(공자, 맹자, 순자, 노자)중국의 선생님들의 '자'자를 따서 지어주신 이름은 학교에 들어가기 전부터 저는 학교놀이에 선생님 역할을 하며 놀았습니다. 아들 보다 더 멋진 성생님의 연습이었습니다.

행복한 꿈을 꾸는 어린이가 행복한 어른이 된다는 신념 속에 상상놀이를 통한 자기 성취감을 어떻게 심어 줄 수 있는가를 연구한 결과물이 어린이문화 책속에 이야기였습니다.

어린이가 행복해야 나라가 행복하다는 결론 속에 어린이 인문학을 통한 동화구연을 온 세상 부모들에게 알려주고 싶었습니다. 이야기 속의 인물을 통해 상상을 만들어 내고 상상속의 어린아기 행복해지는 열쇠가 들어 있는 동화의 교육적 가치를 알려 주고 싶었습니다.

동구연의 중요성을 강조하며 교육장에서 일한지 50여년이 넘었습니다.

가정, 사회, 교육가관이 동화구연의 중요성을 알고 있지만 물질만능의 잘못된 가치관이 사람들 속에 만연하고 보니 행동으로 이어지기가 힘이 들었습니다.

그러나 이제는 1세대부터 3세대까지 행복한 교육현장의 모습으로 인성이 바뀌는 모습이 싹트기 시작했습니다.

유아기관의 이야기 선생님으로의 행복한 모습이 아니더라도 노후 활동의 멋진 인형극 역할을 배우처럼 해보며 돈이 인생행복의 조건의 전부가 아니라는 것을 1, 3대는 알게 됐고 사회봉사의 기쁨도 누리게 되었으며 행복한 나라를 만들려면 어린이를 사랑하는 3%의 교육현장이 있어도 희망이 보인다는 확신이 생겼습니다.

어린이가 탄생되어 지는 곳이면 동화구연도 함께 있어 직접화법이 아니라 간접화법을 통한 행복의 통로로 인도하는 동화구연가들이 전국 어머니 모두 이기를 꿈꾸며 더욱 연구하는 선생님이 되고 싶습니다.

1. 50년 세월을 어린이들과 함께:

19세부터 시작한 유치원보모에서 60세가 될 때 까지 어린이들의 친구이자 선생님으로 지냈습니다.

행복한 꿈을 꾸는 어린이가 행복한 어른이 된다는 신념 속에 자연 속에서의 놀이와 언어를 통해 아름다운 생각과 행동이 이어짐을 교육하고자 노력해 왔습니다.

2. 색동어머니회 회원이 되어 38년 활동:

어린이가 행복한 나라라는 목적을 갖고 사회봉사 활동을 하던 색동회 주최

전국 어머니 동화구연대회에 나가 금상을 받음으로 1978년 11월부터 동화구연가라는 이름으로 하나 더 달고 봉사 활동을 시작했습니다. 라디오와 TV방송, 백화점 상설무대, 도서관, 복지관, 고아원, 초등학교 등을 돌아가며 동화를 들어주는 사람이 있는 곳이면 어디서나 이야기꾼이 되었습니다.

3. 동화구연이 주는 교육적 가치연구 30년:

농경사회에서 산업화가 되면서 사람도 기계화 되어져 갔고 감성이 메마르고 인류가 살아지려 하는 사람 사는 곳에 황폐함을 절감하며 인간화 교육과 사회화 교육의 적절한 교육방법이 동화구연 속에 교육전반의 총체적인 교육임을 깨닫고 동화구연 저변 확대에 힘쓰기 시작하였습니다.

4. 색동어머니회 회장 2년과 이사장4년 역임:

사단법인 색동어머니회는 세계적으로 하나뿐인 여성으로만 모여진 동화구연가들의 모임입니다. 말 잘하는 여인들이 모여 정말 말을 잘−사용 할 줄 알아 태교에서부터 임종에 이르는 모

든 사람들에게 행복한 생각을 넣어 주는 상상교육의 필요성을 가르쳐 전국으로 동화구연 지도사를 배출하기 시작하였습니다. (현재 13개 지회를 두고 활동 중)

5. 해외동포를 위한 모국어 사랑 운동:

행자부지원 프로그램으로 동화를 통하여 인형극, 동극, 마당놀이, 노래곡 등을 만들어 미국, 브라질, 파라과이, 호주, 뉴질랜드, 러시아, 중국 등을 순회하며 교포어린이들에게 모국어의 아름다운 표현을 기억하며 한글의 자긍심을 높여 주었고 부모님에게는 민간 사절단으로서 동포사랑을 전하는 자랑하고픈 일을 했습니다.

6. 지금도 난 당당한 할머니 선생님입니다.

청강대, 여주대, 서울YMCA, 유치원 교사 교육원, 평생교육원, 기업 문화센터 등에서 동화구연 강사로 활동하면서 지도자를 양성하는 과정을 거쳐 가면서 나와 함께 동화구연의 중요성을 공감하며 본인 자신들이 먼저 삶의 기쁨을 얻고 우울증에서 헤어나와 행복해 하는 모습을 보며 가을에 곡식을 거두어 드리는 농부의 뿌듯한 마음을 가지고 더욱 노력하고 있습니다.

7. 동화집과 시집을 내다.:

부끄럽지만 동화집 '꽃의 마음'과 시집 '엄마가 남기고 간 코트분 냄새' 외 여러편의 동화를 쓴 것은 이유가 있습니다. 어린이를 위하여 쓰기도 했지만 나이들어 가시는 어르신들에게 희망을 드리고 싶었습니다. 제 책을 읽으며 이 정도라면 나도 쓰겠다라는 긍정적인 용기를 넣어드리고 싶었기 때문입니다.

60평생쯤 사신 분들이라면 한 두권 아야기꺼리가 없겠습니까? 그 삶 속에 들어 있는 세상 살아온 이야기가 모두 산교육이 들어 있는 동화가 아니겠습니까?

용기를 내시어 모두 글을 써 보시라고 권해 드리고 싶었습니다.

8. 동화 속에는 꿈(상상)이 들어 있음을 알리며 살아가고 싶다.

한글을 읽을 줄 알고 입을 열어 말을 할 수 있다면 동화구연을 통한 색종이 선생님, 미술 선생님 동극 선생님, 노래 선생님, 인형 만들기 선생님, 독서지도 선생님, 글쓰기 선생님, 마음치료 선생님, 놀이치료 선생님 소리를 들을 수 있습니다.

이모든 교육의 기초가 동화구연인 것입니다.

참 사람다운 사람을 만들어 주는 교육이 동화를 통해 들어 있다는 사실을 온 세상 사람들에게 알리고 싶습니다. 대한민국이 행복한 꿈을 꾸며 풍부한 창의력을 표현하는 사람들이 많아져서 지식 중심에서 생명 중심의 참교육이 이루어지는 그날까지 앞으로도 많은 지도자 양성에 앞장서서 일할 것이며 자라는 어린이들에게 긍정의 힘을 키우는 동화를 많이 만들어 들려주는 젊은 여성들의 어머니 선생님이 될 수 있도록 나 자신도 더욱 노력하는 사람이 되도록 할 것입니다.행복한 대한민국은 여성인 내가 시작해야 한다는 것을 명심하여 최선을 다하려고 합니다.

이천시 문화상 수상소감

힘든 삶의 여정 속에 활력을 줄 수 있는 생활 속에 행복함을 채워줄 때였습니다. 왼 종일 일터에 힘듬도 어린 자식들의 재롱 한 번이 모두 사라지게 하는 것은 행복한 상상(꿈)을 꾸기 때문일 것입니다.

환타스틱한 상상은 박사들만 할 수 있는 것은 아니었습니다.

까마 잡잡한 피부에 그렁한 눈망울을 가졌던 난 누가 보아도 서러워 보이는 아이였습니다. 그럼에도 저는 어린 시절부터 누군가에게 웃음을 주고 싶었습니다.

사람이면 더욱 좋고 자연 속 생명이 있는 것부터 무생물에 이르기까지 모두 웃고 있는 세상을 만들고 싶었습니다.

내 작은 몸짓으로 인해 웃는 것을 볼 때 나 자신도 평안과 행복감이 가득 차올랐으니까요.

그런 세월이 60여년이 흘렀습니다. 샘솟듯 새로운 문화 예술의 변화 속에 문학을 통한 영혼의 쉼은 살이 있는 모든 것들의 행복으로 가는 통로였습니다.

서서울 호수공원에 비행기가 지나가면 소음을 완화시키기 위한 소리 분수가 뿜어지는 듯이 상상놀이를 통해 행복한 사람으로 살아갈 수 있다면 그 또한 살만한 세상이 될 것입니다.

상이란 어떤 상이던 기쁨이고 행복입니다.

한편 부족함의 부끄러움도 알아 책임이 무거워 짐을 느끼게 됩니다.

끝으로 나의 문화 활동에 함께 하셨던 색동어머니회 회원들과 이천문협 회원들에게 고맙다는 인사를 올립니다.

온 시민이 받고 싶은 큰 상을 추천해주신 예총회장님께 감사드리며, 최종 심사를 하시며 고뇌하셨을 심사위원님들께 참 잘 뽑았다 하실 수 있도록 부족한 2%의 활동을 남은 삶 동안 이천 시민을 위해 열심히 살아보겠습니다.

이경자李庚子 시인

경기도 김포 출생

마송초, 통진중, 인천여고, 서울여자신학교

50년 동안 유아교사로 시작, 현재까지 어린이들과 지냄

청강대, 여주대, 이천시여성문화대학, 색동어머니 아카데미 등에
서 동화구연 지도사 교육 강사로 활동 중이며 문예사조 신인문학
상으로 등단

사) 한국문인협회 이천문협지부장,

사) 색동어머니회 회장 및 이사장 역임, 현) 고문

이천 선린교회 권사, 부악문학회 회원

한국동화구연가상, 이천시 문화상, 평생학습인상,

전국도서관 공로상, 경기문학상 등 수상

저서 : 시집『엄마가 남기고 간 코티분 냄새』, 주님의 어린이를 위
한 동화집『꽃의 마음』, 공동저서『별초롱 꿈초롱』, 하늘나
라 이야기『알롱달롱 이야기 주머니』등이 있다.

황혼의 미소

초판 1쇄 인쇄일	2017년 8월 9일
초판 1쇄 발행일	2017년 8월 10일
지은이	이경자
펴낸이	정진이
편집장	김효은
편집·디자인	우정민 문진희 박재원
마케팅	정찬용 정구형 정진이
영업관리	한선희 이선건 최인호 최소영
책임편집	우정민
인쇄처	국학인쇄사
펴낸곳	국학자료원 새미(주)
배포처	국학자료원 새미(주)
	등록일 2005 03 15 제25100-2005-000008호
	서울특별시 강동구 성안로 13 (성내동, 현영빌딩 2층)
	Tel 442-4623 Fax 6499-3082
	www.kookhak.co.kr
	kookhak2001@hanmail.net
ISBN	979-11-87488-38-5 *03800
가격	10,000원

* 이 도서의 국립중앙도서관 출판예정도서목록(CIP)은 서지정보유통지원시스템 홈페이지(http://seoji.nl.go.kr)와 국
  가자료공동목록시스템(http://www.nl.go.kr/kolisnet)에서 이용하실 수 있습니다.(CIP제어번호: CIP2017017692)